거울로는 뒤를 볼 수 없다

대전투데이에 연재된

나영순 시인의 푸른거울로 보는 시

거울로는 뒤를 볼 수 없다

靑鏡 나영순 시집

나와 나 사이의 기억들을 찾아서

다섯 번의 강을 건너고 길을 재촉했었다.

그리고 다시 여섯 번째의 나들이. 전혀 어울리지 않는 낯선 거리와 풍경들에서 겹쳐지는 나와 나의 모든 것들. 그 가깝지도 짧지도 않았던 거리와 시간이 나를 더욱 다독이고 부추기고 들춰내서였을까. 여섯 번째의 나들이는 나에게 익숙하지 않은 나를 찾는 걸음들이었다. 내가 보는 모든 것이 내가 보이지 않는 속에서 나를 기다리고 있는 것 같았다.

나와 내 기억 사이의 낯설음은 어디까지일까. 때로는 자장가처럼, 때로는 먼 구름처럼, 때로는 계곡을 숨긴 산처럼 좀처럼 낯설지 않기를 바랐지만, 나와 나 사이의 깊은 틈은 언제나 멀게만 느껴졌다. 그러면서 또 다시 조각처럼 쌓여오는 기억들.

부둥켜안은 삶과 떨어질 줄 모르는 삶 사이의 틈은 무엇일까. 잠시 빠져나온 숲 밖의 거리와 시간들은 온통 그 굴레에서 무언가를 기다리거나 쫓고 있었다. 내가 내 기억 속에서 나를 찾는 동안에도…

 이제 다시 내가 나를 찾는 것보다 먼저 도착해 있는 기억들을 하나둘 헤쳐 나갈 것이다. 내 기억 속에 숨겨진 나와 나 사이의 틈을 찾을 때까지 몇 번이고 강을 건너고 길을 나설 것이다. 밤과 꿈이 나란히 놓여 있는 그 날이 올 때까지.

2024년 저문 한 해의 저녁 빛을 걸으며

靑鏡 나영순

제2장_ 손톱 속의 그림

제3장_ 소리 없는 바람

제4장_ 바람도 때론 멈춘다

제1장

▼

멈
춰
서
야
할
때

4월에는

분수는 4월에 가장 높이 난다
계절을 읽을 수 있는 눈이 안다
저렇게 분수가 높이 날아간 만큼
떨어지는 깊이가 있다는 것을

4월을 가장 일찍 읽는 아침이 묻는다
바싹 마른 분수가 가리키는 눈높이를
새들이 먼저 알 수 있는지를
지나가는 바람과 서서 흔들리는 나무와
가끔 끼어드는 구름이 멈출 때
분수도 제 자리에 앉는지를

가장 분주할 때 가장 침묵하는 6월의 바람이
언제 가장 푸르게 일어나는지
4월은 기억하기를

4월에는
겨울에 묻어둔 흙덩이를 들어 올리는 풀뿌리처럼
제 한 가슴 방금 꺼낸 햇살같이
푸르게 올라오기를

4월은 한 해의 시작이 점차 안정되는 시기이자, 초목이 본격적으로 활기를 띠면서 꽃을 피우는 생동의 달이기도 하다. 개학과 함께 학교생활을 시작한 아이들이 점차 자리를 잡아가는 때이고, 직장도 봄을 맞아 활기와 안정을 찾아가는 시기여서다. 초목도 April의 기원이 '열리다'라는 의미의 라틴어 'aperire'에서 유래되었다는 것에서 알 수 있듯이 활발하게 일어서는 때이다. 그런데 이 생기발랄할 때에 우리는 쉬는 날이 다른 나라에 비해 적은 편이다. 일에만 몰입하는 것은 아닌지 우려스럽기도 하다. 그래서 그런지 주말만 되면 온 산하가 온통 북적인다. 그러니 이때 아니면 안 된다는 생각보다 좀 차분하게 여유를 가지고 4월을 느껴보는 것은 어떨까. 분수가 제 분수를 알아 돌아오는 것처럼 말이다.

숫자

나와 나를 바라보고 있는 거울 사이를
새까맣게 잊고 있던 숫자들이 촘촘하게
박혀 있다
빨갛게 언 눈동자를 피할 수 없을 때처럼
금세 얼룩진 시간들이 흘러내린다
언제부터일까
읽지 못한 숫자들에 대한 내 눈의
잘못된 습관이 아니 너그러운 버릇이
거울에 박혀 있는 나를
나 이전으로 붙잡는다
가을 들녘을 화들짝 지나가는 참새 떼처럼
스며드는 숫자
그 사이를 아무 거리낌 없이
흘러들어온 거울 속의 나
어떻게 물들은 것일까
아무리 흔들어도 이미 물들은 숫자들이
떨어지질 않는다

한때 우리나라 사람들이 숫자에 대한 관념이 약하다는 말을 들은 적이 있었다. %에 대해 그리 심각하게 생각하지 않아서 그랬던 것 같다. 그런데 유독 자기 나이에 대해서는 관대하다. 스스로 늙었다고 여기는 사람도 많지만 나이에 걸맞지 않게 행동하는 사람도 적지 않아서일 것이다. 그래서 '올해 몇이우?' 하던 것에서 '너 몇 살이야?' 하면서 상대방을 으르던 때도 있었다. 그러니 생각해 볼 일이다. 나이를 먹는다는 것이 늙는다는 것만을 의미하지 않기 때문이다. 그만큼 연륜이 쌓였으니 행동 하나, 마음가짐 하나 신경 써야 할 것이 많다는 것이기도 해서이다. 거울은 나 자신밖에 보여주지 않는다. 그것도 현재의 나밖에. 그러니 상대방을 보려면 거울의 은박을 다 벗겨야 하는 것처럼 한 번쯤 거울 너머를 생각해 보는 것은 어떨지.

그 사이 어디쯤

가고 있을 것이다
눅눅해진 틈이 더 벌어지기 전에
문밖에 쌓인 눈을 치워야 한다며
새벽안개보다 더 희미한 눈을 더듬고 있는 걸
보았다
아무 뜻 없이 문을 여는 그에게서
이쪽과 저쪽에 걸려 있는
눈 이상의 무게가 숨소리처럼 다가왔다
무게를 지탱하는 순간이야
어느 때라도 있는 것이지만
눈에 낀 틈과 같은
순간을 알아야 하는 때는 언젠가?
창밖을 미끄러지는 눈송이들이
그의 마지막 발자국마저 다 지워 가는데
겨울의 오후는 아직도 눅눅하다
그 사이 어디쯤
그는 가고 있을 테지만

우리가 때를 안다는 것은 무엇일까? 많은 사람이 때를 놓쳤다고 서슴없이 이야기를 꺼내지만 정작 그때가 언제인지는 알기 쉽지 않다. 하루도 쉬지 않고, 아니 쉴 틈도 없이 돌아가는 것이 우리 사회인 바에야 때를 알고 대처하기가 그만큼 어려워서 더 그랬을 것이다. '철들었다'는 말이 농사의 주기를 이해한다는 것이었으니 때를 안다는 것은 그리 만만치 않았음이다. 그러니 때를 알고 때에 맞춰 때를 따르는 현명함을 얻어 보는 것은 어떨까. 현대는 전문가의 시대라 한다. 대충(대충은 불교 용어로 호랑이가 먹이를 먹을 때 씹지 않고 삼키는 것을 비유한 데서 유래) 대충 하지 말고 꼼꼼히 맡은 바 일을 처리하는 자세가 필요하지 않을까. 또 그런 사람들을 정확히 알아봐 주는 안목을 갖춘 주변도 필요하지만 말이다.

손을 내밀지 않아도

하루가 새까맣게 낀 손
미뤄두었던 손을 씻는다
하루가 씻기면서 종일 움켜쥐었던 세상이
시커멓게 떨어져 나간다
비비면서 더 부풀려진 내 꿈이
허공 속으로 달아나는 물방울처럼
송두리째 벗겨진다
어느 비 오는 날, 우산도 없이 오후를 걸어가고 있을 때
아무 느낌도 없이 다가와 내밀던
손을 쳐다본다
꼭 쥐고 싶어서 더 낯설었던 손
더 간절해서 덥석 끌어안고 싶었던 그 날
끝내 마주치지 못한 눈이 선하다
거북손처럼 등이 굽었던 손등이
거품이 엉겨 붙으면서 서서히
비 온 뒤의 구름같이 가벼워진다

오히려 친절이 낯설어진 요즘. 누군가에게 연탄처럼 한 번 뜨거웠었냐고 되묻기조차 힘든 세태에 손을 내밀기란 정말 쉽지 않다. 더구나 팬데믹이 아직 끝나지 않은 시점에서야 말할 것도 없다. 알파벳으로 시작하는 세대라 그런지 같은 집에 살면서도 카톡 아니면 SNS로 의사를 표현한다니 참 어려운 것 같다. 손은 그만두더라도 말은 어떤가. 한때 '헐', '뭐래'가 한참이다가 '아 그건 모르겠고'로 떠넘기더니 요즘은 '어쩌라고'로 받아친다. 그래서 어느 기업 회장이 유언으로 경청을 남겼는지도 모를 일이다. 그러니 한 번쯤 잠시 기다려 남의 말에 귀 기울여 줄 여유를 가져보는 건 어떨까.

낯선

늘 지나던 길이지만 소나기를 만날 때마다
잊었던 만큼의 낯선 향기가 밟힌다
아스팔트로 잘 덧칠해진 기억 위에
마지막 발가락이 젖었던 내음
울컥 밟히는 땅덩어리의 미끈한 분노에
무한한 생의 본능은
엉망진창으로 구겨진 발가락들을 뚫어지게 비웃는,
들끓는 눈초리만 남겼지만
나에게서 나이기를 바라는 익숙한
내음이 밟히기를 기다렸다
어제오늘 끊임없이 밟히는 나와 나 사이의
기억을 물끄러미 지켜보는
저 땅덩어리의 두 내음
부딪히는 곳마다 내 기억이 두툼하다
내 기억의 내음을 스스로 뒤집어 보는
옅은 밤이 기운다

발전과 향수 사이에는 반비례의 상관성만 있는 걸까. 우리가 살면서 모두를 가져가는 것이 생각만큼 많지 않다고 할 때, 꼭 함께하고 싶다면 그건 뭘까. 사회생활을 하면서 두 번 이상 만나는 것도 흔치 않다는 것을 얼마나 기억할까. 낯선 것과 공동체를 형성하는 것은 누구에게나 쉽지 않다. 하지만 현대를 살아가자면 어쩔 수 없이 공유해야 할 과제 중의 하나임은 다 안다. 그래서 우리는 향수에 대해 남다른지 모른다. 그것은 전통과도 연관되기에 더 그럴 것이다. 국수주의나 과거에 집착하는 것이 아니라 한 번쯤 향수에 젖어보는 것도 괜찮을 것이기에 말이다.

멈춰 서야 할 때

그 길은 골목 끝 모퉁이에서 멈췄다
조금은 더 열려 있어도 될 것 같은
그 길은 퍽 인상 깊지는 않았지만
돌들이 부스러지는 것을 채울 여유도 주지 않고
버려진 시간과 함께 묶여 있었다
하루에도 수십 번 접었다 폈을 바람조차
인기척만큼이나 스산해진 길
나지막하게 엎드린 지붕들 틈에서
안개비가 걸려 있는 거미줄처럼 엉켜
숨 막힐 정도로 수없이 발길질을 해대던
두부며, 과일이며, 강냉이며, 심지어 칼갈이까지
들들 볶였던 그 길이 낡은 제비집같이
수척해졌다
발버둥 치는 일 하나 없이 멈춰선 길
사막의 전갈 발자국처럼 말라버린 길
남몰래 감춰놓은 사진 한 장 없이
식어버린 길

한 국가나 민족의 문화가 생겼다 사라지는 데는 약 1세기 정도가 걸린다고 했다. 그래서 그것을 잘 지키는 것에 대해 문화선진국이라고까지 추켜세웠다. 실제로도 유럽이나 북미 국가들이 가장 소중하게 여기는 것 중의 하나가 전통문화이고 보면 그럴 만도 하다. 그러니 우리도 우리 것에 대해 좀 더 관심을 가질 때가 지나고 있다. 요즘 한창 인기를 끌고, 또 많은 중년 남성들의 마음을 빼앗는 '나는 자연인'으로 시작하는 프로그램이 아니더라도 우리 것을 가치 있게 여기는 체득은 반드시 필요한 때라는 것이다. 한 번 덧칠해진 포장도로는 되돌리기 쉽지 않은 것처럼 말이다. 좀 불편해도 감수하는 자연스러움은 어떨까 생각이 자꾸 드는 이유다.

자전거와 길

두 길로 가는 자전거
살아서 꿈틀대는 고삐 풀린 길
자전거를 겨드랑이에 끼고 마구 흔든다
밀고 가는 세상에 지친 뒷바퀴가 오후의 햇살에
절절거린다
앞바퀴를 밀다가 꺾여버린 눈이
부들부들 공중을 휘젓는 나뭇가지처럼
마구 빗나간다
힘겹게 구르는 발바닥은 처음부터 달랐지만
굴러가는 길은 다 같은데
유독 초행길이 많은 건
바람을 잘못 건드린 탓인가
바퀴만 자꾸 헛도는 오후
첫 바퀴가 구르기도 전에
아무도 가본 적 없는 곳을 디디고 싶은
발바닥의 오랜 기다림이
파도 빠진 갯벌처럼 질퍽하다

최근 다시 자전거에 관심을 둔 사람들이 늘었다. 물론 그것은 두 부류로 나뉜다. 예전에 짐을 실어 나르기 위해 탔던 것처럼 교통수단으로 이용하는 측과 레저 또는 건강을 위해 활용하는 측으로 갈라진다. 오토바이나 전동킥보드가 자전거보다 증가 폭이 큰 것은 말할 것도 없지만 그래도 잠시 주춤했던 자전거에 대한 선호가 달라진 건 분명하다. 그러나 자전거를 타기 위한 여건이 그리 좋은 편은 못 된다. 도로 사정상 일본처럼 자전거 전용도로를 확보하기 어려운 상황에서 인도 가운데에 떡하니 차지하고 있는 것도 좀 그렇지만, 이곳을 벗어나면 자동차와의 관계가 여간 위험하지 않아서다. 가끔 돌도 튀고 엉덩이도 좀 아팠지만 주변 경치를 만끽하며 천천히 즐기던 자전거가 그리운 것은 이런 사정 때문일까.

작은 채소밭

발자국이 드문 천변 모퉁이로부터 나란히
상추 모종이 서너 줄 늘어섰다
처음부터 발을 맞춘 것 같지는 않은 듯
벌레를 할퀴는 비둘기 부리처럼 삐뚜름하다
햇빛도 제 낯 한 번 스스로 디민 적 없고
빗방울마저 제멋대로여서 뒤숭숭한 이곳에
뿌리를 세우기조차 메말랐을 텐데
상추는 아기 볼살 같은 첫 싹을 버젓이 뽑아냈다
언제부터였을까 저 작은 채소밭의 첫 삽은
파도가 흐느끼다 간 모래사장의 미련처럼
누군가 한 쌈의 기쁨을 적어 놓았던 걸까
그래도 몰래몰래 흔드는 여름 바람의 짓궂은 손짓에
여린 싹이 깃털을 터는 새처럼
머뭇거린다
기억을 빼앗긴 실향민의 미간 같은
천변의 작은 채소밭
오늘도 그곳엔 여린 싹이 머물고 있다

요즘 들어서 전혀 그런 공간이 아닌데 이를 활용하는 사람들이 종종 있다. 아파트 화단이나 공원 주변에 채소를 가꾸는 경우다. 서울의 경우 이름만 들으면 알 만한 아파트 단지 같으면 당장 뽑아버리지만 소도시나 읍 단위에서는 그냥 봐주는 편인 것 같다. 아직 정이 남아 있어서일 것이다. 그런데 가끔 오래전부터 몸에 밴 습성을 버리지 못해 가꾸는 사람들이 보인다. 대개 연세가 좀 지긋한 분들이다. 어떤 이유에서든 지금은 농사는 할 수 없으니 과거의 기억만 남은 것 같아 안쓰럽기까지 하다. 그러니 나중을 위해 좀 여유를 가지고 사는 건 어떨까. 누구나 사는 건 마찬가지지만 그 방식은 다 다를 수밖에 없듯이, 마음속이라도 조금의 여유를 둔다면 달라지는 것이 있지 않을까.

책상 달력

눈썹 위에 걸터앉은 깃털 눈처럼
쓰다듬을 새도 없이 미끄러지는 기억들
앞장이 꺾이는 줄도 모르고
겹겹이 쌓이는 숨비소리 같은 절규
세상이 전부 붙들려 있으면서도 세상을 전혀 모르는
세상에서 가장 내 맘 같지 않은 세상
하나를 비우면 금방 똑같은 하나가 달려드는
치우지 못할 금욕의 상자였다
후두둑 쏟아내면 바닥을 치고 올라와
아파트관리비, 대출이자, 차량운행비, 학원비, … … …
등을 마구 토해내는 탁탁한 숫자놀음
홀가분하다 싶어 한 장을 넘기면
달력을 뛰쳐나오는 숨 가쁨이 빨리도 넘쳐난다
검고, 빨갛고, 가끔은 초록으로 채워지는 몸
빡빡하게 매달린 숫자들이 점점 야위어갈수록
번개를 빗댄 천둥이 마른 비들을 쏟아내듯
읽지 못할 무게만 오려놓는
책상 달력

사람이 제 스스로 옥죄는 것 중의 하나가 달력일 것이다. 일상생활에 반드시 필요하고 편리해서 사용하면서도 늘 그것에 쫓기기 때문이다. 예전에는 방안이나 거실의 가장 중요한 지점에 걸려 있으면서 제대로 잘 만들어진 달력 하나 있으면 자랑스럽고 든든하기까지 했었다. 그렇다 보니 돈 주고 사야 할 형편이었다. 하지만 지금은 스마트폰이나 소형 전자기기에 기본적으로 탑재되어 있다 보니 실물 달력의 필요성이 현저히 줄고 있는 추세다. 그러나 책상 달력의 경우는 예외다. 일단 날짜를 확인할 때 전자기기를 켤 필요 없이 가능하고 두기나 넘기기 등 여러 가지로 편리해서다. 그런데 아무리 편하고 또 잊지 않기 위해 붉은 글씨로 굵게 장식까지 한다 해도 그 의미를 제대로 새기지 않는다면 크게 소용될까. 적어도 그것이 누군가를 위한 날짜라면 한 번 더 생각해 보는 기회가 되면 어떨까. 어차피 쫓기게 되는 것이 우리 생이라면 더 말이다.

창과 입김

창문을 열면 금방 하얗게 날아가겠지만
나는 창문을 열지 않을 겁니다
겨울이 누군가에게는 가장 먼 곳이 되었으면 하겠지요
하지만 나에게 겨울은 창과의 거리를
두고 싶지 않은 시간에 만나요
내가 내 안에 있다는 나만의 입김 같은 거라고요
입김은 언제나 하얗게 웃잖아요
그리고 가장 빨리 자신을 잊어버려요
억지로 떼를 쓰거나 악착같이 매달리지도 않아요
소리 없을 때 흩어지는 바람 같아요
누군가 자신만의 기억을 적어 놓을 때도 있어요
아주 잠깐이지만요 창은 벌써부터 알고 있었어요
손에 쥐고 가만히 내려볼 수 없다는 걸요
내가 창을 바라보고 있지만 창은 이미 나를 밖에 내다 놔요
언제나 그렇듯이 말예요
입김은 창이 나를 지켜보고 있다는 몸짓이에요
또렷이 나를 마주 보면서 말예요

사람은 사회적 동물이지만 때론 혼자 있고 싶을 적도 많다. 그래서 늘 혼자 하는 여행을 꿈꾸는 것 같다. 하지만 그게 어디 쉬운가. 그러니 거울이나 창에 비춰진 자신을 보면서 자애(自愛), 자위(自慰)하는지도 모르겠다. 스스로를 지켜보는 것은 어떤 의미에서 좋은 치유도 될 수 있으니 말이다. 그때 슬그머니 입김을 한 번 내보면 어떨까. 어렸을 때 학교 창문이나 차창에 나만의 그림이나 글자를 적어 놓던 시절이 누구나 있다. 그때를 떠올리면서 슬그머니 못다 한 말이나 생각을 새겨 보는 것도 괜찮지 않을까. 어찌 보면 유치하고 남세스러울지 모르지만 어차피 삶은 추억으로 사는 것도 있으니 말이다.

거울로는 뒤를 볼 수 없다

거울 앞이 오래 묵은 기억으로 희미하다
빡빡했던 시간의 선들이 깨진 액정처럼 치밀할 줄 알았는데
텅 빈 물음표로 묶인 시선이
함께 걸었던 길들을 곱씹어보는 거울
거울을 보는 것이 아니라
뚫어지게 읽히고 있다는 어색한 표정이
점점 깊어진다
나만이 나를 보고 나를 믿는 세상
얼굴을 쓰다듬으면 거울이 비스듬히 웃는다
똑바로 쳐다볼수록 더 똑바로 앞만 보이는
철저히 굴절된 오목의 파장
내가 벗어날 때마다 흘러간 나만
악착같이 붙들어 매는 저 엉뚱한 발상
엄마를 더 사랑하지 못한 탓일까
하나둘 잊혀지는 엄마의 주름살까지
고스란히 옮겨다 놓았다
냉혹한 거울의 시샘이 무겁다

요즘 들어 거울에 대한 단상을 자주 한다. 스스로 비춰보면서 때론 반성도 하고 자책도 하면서 혼자만의 시간을 갖는 여유가 있어서다. 하지만 유명한 휴양지에 있는 호텔에 시계가 없듯이 거울을 보지 않으면 남에 대한 무리한 시선을 의식하지 않을 수 있을까. 한때 사회문제를 다루는 계층의 사람들이 남을 의식하지 말라고, 내 삶은 나만의 것이라고 강요 아닌 강변(?)을 한 적도 없지 않았다. 하지만 적어도 남에게 부끄럽지는 않아야 한다는 생각이 드는 것은 왜일까. 관중이 관자의 목민편에서 예의염치의 중요함을 강조한 것을 굳이 예로 들지 않아도 남을 배려하고 부끄럽지 않게 행동하는 것만큼은 꼭 필요하다고 본다. 남에게 부끄럽지 않기 위해 거울을 본다면 다소 무리일까.

폭포

분명, 떨어지는 것을 알고 올라갔을까
나무도 올라가려고 공중을 향해 가지를 뻗는데
왜, 떨어지는 것을 위해 저렇게 몸을 던질까
새들의 깃털만큼 추락하는 것에 민감한 탓일까
하늘의 숨소리를 숨겨 놓은 것 때문에
저토록 모질게 숨을 참아야 하나
가끔 선녀가 내려와 옷을 숨기는 것은
상처 난 숨구멍을 꿰매기 위함인가
숨구멍을 잃지 않으려는 저 산중의 깊은
설득
그래서 미끄러지는 것이 아니라
더 무거운 침묵을 위한 묵언이 묶여 있는 곳
뒤늦게 깨달은 분수도 내려앉을 곳을 찾는다
하늘이 뒤엉킨 날이면
유독 물방울이 더 짙게 튀는 것은
숨을 크게 쉬어 하늘을 트려는
몸짓 같은 것이었다

가끔 폭포를 보기 위해 무리하다 싶을 만큼 산행을 하는 경우가 종종 있다. 상상조차 할 수 없는 힘으로 자신을 쏟아내는 폭포를 보고 있으면 그동안 쌓였던 모든 것이 풀어지는 듯한 인상을 주기 때문에 더 그럴지도 모른다. 그 신비와 장엄함에 우리 선조들은 용과 선녀를 연관시켰을 것이다. 어디로부터 얼마나 언제까지 쏟아내야 그 긴 연이 끝날지 알 수는 없지만, 그로 인해 더욱 경이로움을 자아내지만, 그들이 가는 곳은 정해져 있다. 곧 강이나 바다이다. 더 넓고 더 큰 곳을 향해 가기 위해 잠깐 몸을 지나칠 정도로 흔들어 깨우는 것은 아닐까. 그래서 우리는 폭포를 접하면서 분수를 깨닫고 그 덜어냄의 수신을 체득하는지도 모르겠다. 그러니 "폭포수의 요란한 소리를 듣고 있으면 욕심 많은 자도 청렴해질 것 같다."고 주세붕은 일렀을까.

제2장

▼

손
톱
속
의
그
림

새장

새장의 새는 날기 위해 깃털을 갈아입지 않는다
하늘이 뽑아놓은 계절을 쪼을 새가 없으니
벗어놓을 곳도 없다
차라리 두툼한 창살을 바짝 조인다
벽화 속에 숨어든 새들이
조그만 빛에도 가장 자유스럽지 못했던 기억을
되감기 싫어서였다
더구나 어쩌다 새장을 털어버린 새들이
더 가혹하고 비밀스럽게 밀폐되는 것을
뼈아프게 새긴 적도 있었다
날기 위해 새장을 빼내는 일이
주전자 입김 같이 흔들릴 수 있다는 것을
좀처럼 내버려 둘 수 없었다
그래서 그런지 엄마는 새장을 함부로 열지 못하게 했다
새에게도 발가락을 보이기 싫을 때가 있다고 했다
엄마는 달력에 빨간 동그라미만 남겼지만
엄마의 말은 아직도 귀에 뜨겁다
새는 날기 위해 발가락을 숨기고 있지 않다는

새장 안과 밖, 어느 것이 굴레이고 어느 것이 자유일까. 21세기에 이 같은 물음은 현문은 아닌 것일까. 하지만 철학적이고 심리적인 복잡한 문제를 떠나서 마음가짐으로만 놓고 본다면 여전히 생각해 볼 가치는 있다. 새장 안과 밖의 새를 사람들의 생과 비유적으로 말해질 수 있기 때문이다. 따지고 보면 우주를 벗어나지 못하니 이도 새장의 굴레라면 그럴 수도 있을 것이요, 잠깐 여행이나 출장 등을 다녀오면 역시 집이 최고야 하면서 집 밖의 생활에 대해 부정적으로 말하는 것에서 그런 생각이 들어서다. 그러니 모든 것이 마음먹기에 달린 것은 아닐까.

장터

어머니는 새빨간 아침노을을 이고
장에 갔다가 더 빨간 저녁노을을 이고
돌아오셨다
그 한나절쯤 되는 사이가 우리들에겐
설날만큼이나 돌아오기 어려운 뜸을 들였다
걸어서 가는 장터가
방금 익혀낸 햇살만큼 뜨거웠을 8월이었지만
어머니는 몸에 붙은 인고를
기다리는 아이들 눈으로 떼어냈다
오랜만에 만난 감나무 집 아줌마와 뒷담도
아랫배까지 채워줄 시원한 동치미국수도
아이들이 기다리는 눈으로 버렸다
떼어줄지만 알았지 붙이는 것을 몰랐던
어머니
장터는 오늘도 그 장터인데
어머닌 끝내 돌아오실 줄 모른다
내 아이들이 다 크도록

오일장. 지금도 여전히 서고 흥하다 가라앉는다. 오일장은 가득 찼다가 파하면 언제 그랬냐는 듯이 비는 그런 것이었다. 그래서 모든 것이 존재했다가 사라지고 다시 원래가 되는 그런 반복의 공간이었다. 그래서 엄마는 늘 그런 장에서 삶의 희망을 옮겨다 놓으셨는지 모른다. 우리가 그토록 기다렸던 것도 그런 꿈이었을 것이다. 그런데 의미와 분위기와 흥취는 변했을지라도 오늘도 오일장은 특별한 곳을 제외하고는 멈추지 않고 계속된다. 그리고 장을 기억하고 기다리고 그것을 통해 희망을 보고자 하는 사람들이 있는 한 지속될 것이다. 하지만 엄마는 어디로 갔는지 돌아오질 않는다. 어렸을 때 그토록 기다리던 엄마는 한참을 속을 태웠지만 꼭 돌아오셨다. 그런데 지금은. 그러니 엄마가 살아계신다면 더욱더, 안 계시면 가슴속에라도 한 번쯤 떠올려 보는 건 어떨까.

벽화

수십 번을 망설이며 갇혀 있는 저 눈
그 옆에서 기둥처럼 멈춰 선 풍경
지워졌다 다시 채워지고 다듬어지다 깎였을 저 눈은
그림자보다 더 어두운 적막이 고여 있다
한때는 몹시 흔들렸을지도 모를
그러나 한곳에 오래 머물지는 않았을
적막
손과 마주칠 때마다 한 움큼씩
빛보다 질긴 어둠이 스러진다
서쪽 창으로 넘어오다
창턱에 걸려있던 저녁노을이
마당 한 켠의 긷다 만 두레박 위에 엉킨다
물을 긷지 않으면 눈과 풍경은
벽의 오래된 기억에 붙어 늙어갈 것이다
고장 난 벽시계처럼 세상이 갇힌
눈과 풍경이 쌓여 있는 벽화
누군가의 한 생이 멈춰선 벽화

오래된 벽화를 보고 있으면 우리의 생도 저렇게 멈출 수 있을까 생각해 본다. 다소 엉뚱한 생각 같지만 살다 보니 어느 순간 딱 이대로 멈췄으면 하는 때가 있어서다. 그런데 누군가의 눈에 자주 띄는 벽화가 나을까, 아니면 귀하게 모셔져 아무도 보지 않는 곳에 보관된 벽화가 나을까. 물론 사람마다 다 다를 것이다. 그렇다 해도 분명한 건 벽화 본래의 의미상 자주 눈에 띄어야 한다는 것쯤은 다 안다. 우리의 삶도 마찬가지 같다. 굳이 속담을 들지 않더라도 가까운 이웃이 낫다는 것이다. 그렇다 보니 느닷없이 연락해오는 친척이 부담스러울 때가 있다. 그러니 안부라도 자주 하고 살면 어떨까. 꼭 무슨 일이 있어야 찾는 그런 것 말고 말이다. 혼족을 위한 다양한 제품과 업종이 등장하고 있는 세태라 하더라도 어느 순간 딱 멈췄으면 할 때 좋든 싫든 누군가에게 의지하고 싶은 날도 있으니까 하는 소리다.

새 페이지

얼굴을 쑥 들이밀었다
낯익은 글자들이 새까맣게 튀어 오른다
새 책을 넘어오는 알 수 없는 떨림이
강한 책 냄새와 뒤섞어 뛰쳐나오던 때보다 더
진하게 울렁거린다
받아온 책 냄새가 너무 신기해서
이불 속까지 끌어당겨 밤새 킁킁대던 초등학교 시절의 기억을
가만히 손에 쥐어본다
벌써 커피의 온기는 증발한 지 오래다
첫 장을 넘기고 놓쳐버린 페이지가
커피의 온기를 따라 빠르게 말라버렸다
생의 한 페이지를 접으려는 날카로운 바람이
바싹 마른 겨울나무에 걸린 연처럼
좀처럼 다가오지 않았다
산을 넘지 못한 구름이 많은 비에 젖듯이
두툼한 첫 장을 빠져나오지 못해 망설이는 손
새 페이지를 읽으려는 눈

초등학교 시절 새 학년이 되면서 받은 책의 첫 장을 넘기던 때가 있었다. 새 책에서 옮겨 오는 냄새에 긴장과 기대를 한꺼번에 하는 바람에 흠칫 놀라기도 했던 때. 요즘 아이들에게선 좀처럼 느끼지 못할 것이지만. 삶도 그런 것 같다. 늘 새로운 것에 직면해야 하는 생. 그 한 페이지마다 두려움과 긴장과 희망이 부풀어 있었다. 그런 부담 때문인지 모든 것은 뒤로 미뤄졌다. 그런데 나이 들고 보면 하고 싶어도 못해 결국 후회하는 것 또한 우리의 삶인지 모른다. 그래서 오늘을 즐겨라 하는 말이 나왔을까. 하지만 그게 어디 쉬운가. 그러니 강제로라도 스스로 여유를 갖도록 노력해야 한다. 여유는 결코 누가 챙겨주지 않으니 말이다.

날아가는 것과 날고 싶을 때

바다를 밀고 가는 기러기 떼
묻어놓은 길을 쪼아 줄을 잇는다
버릇처럼 날아간 길
어둠이 쌓이는 저녁 길을 걷다가 보면
마지막 페이지를 접어놓을 때가 있듯이
나란히 갈 수는 없을 테지
앞서거니 뒤서거니 줄을 뽑아 가는
기러기 떼를 보며
날아가는 것과 날고 싶은 것이
포물선 눈높이에서 맞출 수 있을까
눈금을 채울 수 없어 툭 놓아버린 눈꺼풀을
하루에도 수십 번씩 접는다
하늘과 바다의 틈이 이어지는 기러기 깃털 속에
그 가벼움과 놀라움의 꼭짓점이 있을까
이미 습관이 되어버린 갈림길에서
오늘도 기러기 떼의 깃털을 세고 있다
날아가는 것과 날고 싶을 때의 깊이를 위해

사람은 완벽한 삶을 추구하며 산다. 그러면서도 결국 미완의 생을 마감한다. 요즘 AI의 시대를 예견하는 보도가 잇따르고 있다. 한때 지구가 멸망해 달로 이주해 가는 다양한 장르의 이야기들이 나온 적이 있었다. 그러다 마침내 달에 착륙했다. 그렇듯 영화 터미네이터와 같은 기계 인간에 대한 프로그램이 가능해지면서 로봇의 시대에 살게 되지나 않을까. 그렇다 해도 결코 기계에 의존해서는 안 되는 것이 있다면 인간의 정일 것이다. 다소 억지스러울지 모르지만 인간의 정만큼은 본능적이었으면 하는 바람이다. 기러기가 줄을 지어 나를 때처럼 말이다. 많이 배워도 안 되고, 법으로 강요해도 안 되는 것이 사람의 본성이다. 요즘 다시 부각 되고 있는 것이 성선설, 성악설이고 보면 그만큼 어려운 것은 아닐까.

팥빙수

빙산을 빠져나온 바람이 한여름을 돌린다
턱 밑을 바짝 들어 올리는 긴 전율과
몸이 빨려 들어가는 소름이 돋는데도
눈이 가슬가슬 말린다
바람을 뭉친 파도처럼 헝클어진 머리카락을
제멋대로 흔들어 봐도
떨어지지 않던 한여름이 서서히 기가 죽는다
달뜬 오후가 검붉은 눈 속에서
잠시 주춤거리다가 닥닥 이를 끌며 사라진다
웃다 움츠러들다 웃다 움츠러들다
남은 웃음까지 손 비비듯 삼켜버린다
땀띠보다 더 진한 무더위를 통째로
들어내고도 소복하게 쌓였던 빙산을 다시 올려다본다
저녁 등쌀에 바싹 오그라든 햇빛이
서늘해진 턱을 마구 흔든다
고드름보다 긴 떨림이 동공마저 흔든다
오므린 발가락을 펴고서야 흘러내리는 검붉은 빙산

팥빙수는 한때 여고생들에게 로망인 적이 있었다. 지금이야 어느 때 어디를 가든 마음대로 주문할 수 있지만 제과점 출입이 통제되던 여고생들에게는 정말 꿈같은 것이었다. 일제강점기 때부터 즐겨 먹었던 팥빙수가 윤종신의 노래로도 유행하다 보니 요즘에는 인기에 걸맞게 퓨전으로 많이 변하기도 했지만 팥빙수에는 역시 팥이 제격이다. 그런데 요즘 팥빙수에는 팥이 많지도 않고 팥을 강조하면 옛사람이 되어버린다. 이것도 격세지감일까. 하도 변하는 것이 많으니 옛것을 찾기도 쉽지 않을 뿐만 아니라 자칫하면 아이들의 은어로 늙은이를 가리키는 '꼰대'가 되기에 십상이다. 그렇다 보니 우리 것을 찾기는 고사하고 지키기도 만만치 않은지 오래다. 그래서 그런지 팥빙수 앞에 놓고 설레던 때가 그립기도 하다.

판화

달빛마저 어두운 밤
흑백사진 속 어둠 같은 적막이
빽빽하게 박혀 있다
어둠 속에서 어둠을 밝히려는
날카로운 빛이 사각사각 밤을 깎아 내린다
손안의 세상을 읽으려는
손끝의 끈질긴 움직임, 집요한 추적
방황을 끝내려는 간절한 기도
거침없이 내딛다가도 이내 움츠러드는
칼날 같은 걸음걸이가 점자처럼 박힌다
이미 매끄럽게 깎인 길을 밟는데도
나마저 알 수 없는 내 몫이
햇빛을 묶어놓은 구름처럼 무겁다
어림으로 새길 수 없는 발걸음
오려진 지도를 밟고 가는 지름길
태초의 등고선 같은 그 점선을
조용히 깎고 있는 나그네

판에 박힌 삶. 이런 삶을 바라는 사람은 흔치 않을 것이다. 하지만 요즘 같은 불확실의 사회에서는 오히려 그런 삶이 더 안정인 것은 아닐까. '다', '까'로 끝을 짓는 말이 공식처럼 쓰이던 아나운서조차 '요'로 바뀐 요즘에서야 변화의 바람은 줄지 않는다. 하지만 그것이 전부는 아니다. 확고한 토대와 원칙이 없이 무작정 바뀌는 것은 흔들릴 뿐 능사는 아니기 때문이다. 소통도 잣대와 기준이 있을 때 진정한 의사 교환이 가능하니까 말이다. 그래서 선진사회에서는 법보다 가치관에 더 비중을 두는지도 모르겠다. 오랜만에 써보는 것이지만 '노블레스 오블리주'가 생각난다. 귀족다운 매너를 지켜가는 그들의 삶이 비록 판화처럼 무미건조해 보일지 모르지만 일반 사람들의 존경을 받는 이유가 다 있으니 말이다.

손톱 속의 그림

열 개의 방마다 미묘한 선들이 빼곡하다
거미줄에 엉켜있는 가랑비 같은 움직임
때로는 슬픔 웃음 같다가도
언제는 눈물이 나도록 웃기는
천연덕스러운 선들
새 떼처럼 구름을 쌓아놓고도
마른 비 없이 사라졌던 선들
몸마다 겨냥된 길목이 달랐다
목적지를 골라내야 하는 화살 같은
흐름을 어루만지는 압축된 지도
손가락을 비빌 때마다
어김없이 들이미는 희미한 빛들이
새벽을 불러일으키는 알람 같이
고인다
액정을 끄는 검지 같은 움직임이
소나기 같은 미로를 잡고 있는
저 열 개의 숨은 방

매니큐어를 벗어나 끊임없이 커지는 손톱의 변화. 한때 금기처럼 여겼던 검은색, 보라색 매니큐어는 물론 네일아트로까지 번지면서 네일아티스트, 네일 살롱 등 그 변화의 폭이 날로 새롭다. 얼굴로 사람을 평가하던 시대를 뛰어넘어 옷, 구두, 핸드백, 안경, 손톱에 이르기까지 다양화 양상을 띠게 되었다. 그래도 변화하지 않거나 그 폭이 작은 분야도 많다. 의사나 요리사, 아나운서나 고위공무원같이 건강과 직결되거나 인식상 그 허용의 폭이 크지 않은 분야의 종사자들은 손톱 화장하기가 쉽지 않다. 그러니 변하지 않는다고 변화 자체를 문제 삼을 것이 아니라 내 마음가짐부터 새롭게 하는 것이 순서가 아닐까. '내가 하면 뭐고 남이 하면 뭐다' 하는 식의 발상은 이제 더이상 꺼내지 말았으면 해서다.

가을의 우체통

가을을 접고 돌아서는 길은 언제나
붉다
우체통에 무심히 던져 넣었던 가을에 대한
빗나간 기대 때문이었을까
허수아비 곁을 건너오는 저녁놀이 사납다
가을을 건너간다는 건
장독대 위로 솟은 달빛을 바라보는 것처럼
우체통 바닥에 가라앉은 젖은 기억을 꺼내는 것
수평선에 낀 저녁 해가 노을을 풀어
바다 밑까지 가을을 전하듯이
우체통은 수없이 가을을 삼켰다
손을 넣는 사람이 없어도
텅 빈 우체통을 흔드는 가을바람
낙엽처럼 구겨진 가을을 적어 넣었다
능선에 묻어놓은 가을이 조금씩 불어나면
우수수 붉은 적막을 쏟아내는 우체통

가을의 우체통엔 아직도 쓰다 만 가을이
쌓여 있다

두근거리는 마음을 꾹꾹 누르며 누군가에게 편지를 보내던 때가 있었다. 들키지 않으려고 소중한 마음을 가득 담아서 말이다. 그래서 빨간 우체통은 쉽게 잊히지 않는 간절한 바람 같은 것이었다. 그런데 옛것을 기억해내고 그리워하고 찾고 싶고 바라는 것이 꼭 오래된 마음 때문에서일까. 아무리 스마트폰이 발달하고 그것 없이는 할 수 있는 게 많지 않다고 해도 사람에겐 다가가고 싶은 것이 있기 마련이다. 그중의 하나가 우체통이다. 어떻게 보면 우체통은 그리움과 기다림의 상징이었다. 기다리던 편지가 오지 않을 때면 우체통을 몇 번씩 기웃댔었다. 제대로 넣긴 한 건가? 설마 빠트리고 안 가져간 건 아니겠지. 그 수많은 의심과 불안을 우체통은 묵묵히 참아 줬었다. 동동 구르며 간절히 바라던 마음을 우체통은 알고 있었다.

저 길로 가면

저 바람도 분명 길이 있어 갈 테지
아무리 거친 파도라도 바닷길을 걷는 것처럼 말야
장날 엄마를 따라가던 길을 생각해봐
늘 궁금했잖아
세상에는 길이 많다지만
나 혼자 갈 수 있는 길은 뭐였을까
궁금할 때도 엄마하고 장날 가는 길만큼
기다려지진 않았어
모두가 길을 가고 있으면서도
길을 떠나지 못해 저토록 안달을 하잖아
길 위에 서면 또 길이 있잖아
우리가 가는 길에는 길이 없어
손바닥을 펴봐 그 길에는 지도가 없잖아
그 많은 사람이 앞질러 갔지만
작은 흑백 영상 하나 올리지 않았어
액정을 아무리 밀어도
내가 갈 수 있는 길은 멀었어
그러니 천천히 좀 가
바람이 제멋대로 간다고 따라갈 순 없잖아

손바닥은 우리 신체의 모든 기능이 담겨 있고, 특히 운명의 길이 있다 해서 예부터 소중하게 여겼다. 지금도 손을 마사지하거나 손뼉을 치면서 건강을 유지하려 애쓰고, 수시로 손금을 들여다보면서 변화된 인생을 확인하려는 사람들이 많은 이유다. 그렇다 보니 손금을 수술로 바꾸려는 사람들이 적지 않다는 보도도 있었다. 어쨌든 건강과 장래를 위해서 손바닥에 관심을 두는 것은 본인의 뜻이니 어쩔 수 없다지만 어려울 때 손을 잡아주는 것만은 꼭 변치 않았으면 하는 마음 간절하다. 코로나 19로 인해 그나마 악수를 할 수 없으니 갈수록 작아지는 인간의 정마저 끊기는 것은 아닌지 속상한 적도 많았다. 이제 펜데믹도 소멸하고 있으니 상대방에게 불쾌감만 주지 않는다면 자주 손을 잡았으면 하는 게 무리일까.

달빛 푸른 숲

달을 보고 숲을 보고
나를 본다
저렇게 덩그러니 들떠서
이 말 없는 숲을 거둬들이면
나는 어떻게 나를 숨겨야 하나
소리 없는 움직임에 갇힌 저 수많은 빛
창에 갇힌 나를
넌지시 건네 보고 있었지만
이미 달을 알고 있었다
한 발자국도 내딛지 못하는 창 속의 나를
비 오는 밤이면 유독 입김이 창에 달라붙는 것은
숲과 나 사이의 어둠 때문일까
창에 이마를 댈 때마다 더 많은 자국이
두껍게 매인다
창 속에 갇힌 내가
시간을 가둬놓은 고장 난 시계처럼
나를 보고 있다

일 년에 달을 몇 번쯤 볼까. 도심에 살다 보면 달을 보기에 너무 장애물이 많다. 무심코 창에 걸린 달을 보았을 때 창은 그 본래의 달을 걸어 놓았을까. 어려서 시골에서 본 달과 지금 도심의 달은 어떤 의미가 다를까. 요즘 우리는 이런 생각 자체를 사치라고 여기지는 않는지. 시는 그저 시인들의 함성일 뿐이라는 틀에 갇혀 있는 것은 아닌지. 한 번쯤은 돌아보아야 할 때인 것 같다. 문학은 그 오랜 세월을 지내면서도 우리 곁을 지켜왔다. 사랑이 무수히 변하고 복잡해지고 다양해지고 틀어지고 때로는 너무 단순해져서 유치하다고 여겨도 사랑은 지금도 진행 중인 것처럼 말이다. 그리고 그것을 표현하고 이야기하고 꺼내 우리 곁으로 옮겨 놓은 것이 문학이다. 그러니 오늘은 꼭 문학이 아니더라도 자신을 꺼내 되돌아보고 찾아보는 것은 어떨까. 마음 깊숙이 가라앉은 달도 한 번 꺼내 보면서 말이다.

브레이크타임

날개는 접혀 있었다
우물우물 가을을 되새기던 오후 3시가
테이블 위에 빡빡하게 박힌다
촘촘하던 발걸음이
들녘의 가장자리를 떠돌던 바람처럼
하나둘 문턱에서 멀어져 갔다
순간을 의식한 저 무시무시한 눈초리들
12시부터 1시를 겨냥한 가장 난폭한
좌회전과 우회전의 갈림길이 지나간다
컴퓨터 자판을 튀어 오른 문자들이
식욕을 부추기는 시간
그 엄청난 금욕을 삼킬 때마다
손목을 꼭 쥐어 잡아야 할
SNS에 넣어둔 눈시울이 두껍다
그림자를 끼워둔 날개가 부풀어 오르면
어둠을 삼킨 눈동자가 움직인다
그 순간과 순간이 겹치는 사이에도

한때 너무 일을 많이 한 적이 있었다. 오로지 일을 위해 모든 것을 미루고 미루고 또 미뤘다. 그 결과가 오늘날 우리에게 풍요를 가져다준 점도 없지 않을 것이다. 하지만 너무 많은 것을 희생했다. 그러니 이제는 좀 찾아야 할 때인 것 같다. 그중의 하나가 브레이크타임. 일에 중독이 될 정도로, 또는 너무 바빠서 끼니때를 놓친 사람들에게는 안타까운 점도 없지 않지만 재충전의 의미에서 본다면 꼭 필요한 것 중의 하나다. 어느 재벌 총수가 우리의 일 문화를 개선해보고자 7시에 출근해서 4시에 퇴근하는 제도를 도입하고, 4시 이후에 사무실에 남아 있나를 확인한 적이 있었다. 결국 실패로 돌아갔지만 돌이켜보면 마음에 있지 않는데 제도가 무슨 소용인가. 헝가리처럼 4시 이후에 전기 자체를 차단해 버린다면 몰라도 말이다. 하지만 국민학교를 초등학교로 바꿨듯이 얼마든지 고쳐나갈 여지는 있지 않을까. 이것 역시 마음에 달렸지만 말이다.

제3장

소
리
없
는
바
람

소리 없는 바람

잘 살아라, 어깨를 짚어주던 그 손바닥에서
오래된 침묵 같은 소리가 났다
거칠었지만 따뜻했던 손바닥
슬그머니 싱크대 옆에 두고 간
어머니의 씨간장처럼 잘 익은 손길
바다 밑에서 건져 올린 심해어의 비늘 같은
무겁고 어두운 숨이 또르르 떨어진다
창밖에는 아직도 제빛을 털어내지 못한
낙엽이 마당 한 귀퉁이를 허둥댄다
한낮에도 그토록 컹컹 짓대던 바람마저
문밖을 나서는 발걸음에 미끄러지며
소리 없이 스쳐간다
돌아서서 무언가를 훔치는 저 나이든 손바닥
언제 또 내 휘청거리는 어깨를 잡아줄까
아직도 지키지 못한 마지막 약속 때문일까
차가운 기억에도 따뜻한 손바닥이
내 어깨에 와 머문다

요즘 쓰는 말들을 가만히 엿보면 '잘'이란 단어가 무척 많이 들어간다. "잘 좀 해라", "나한테 잘해", "잘하는 거 봐서". 그런데 그 대부분은 '나'를 중심에 두고 '남'을 빗대는 말들이다. 최근 들어 수많은 심리학자, 교수, 소위 행복연구가라는 사람들이 공동으로 말하는 것이 '불행의 시작은 타인과의 비교'이다. 그래서 '행복의 반대말이 비교'라고까지 하기에 이르렀다. 하지만 삶의 대부분이 타인과의 경쟁으로 시작해서 채 끝내지도 못하고 마무리되는 것인 바에야 어떻게 비교를 안 하고 안 당할 수 있으랴. 도대체 '잘'의 기준은 어느 정도를 가리키는 것일까. 그러니 "잘 살아라"는 어디에 초점을 둬야 할지 도무지 모를 수밖에. 잘 먹고 잘 자고 잘 배설하는 게 진정 잘 사는 것일까. 그건 건강하게 사는 것 아닌가. '잘'에는 기준이 없다고들 하지만 한 가지 분명하다면 남을 배려하는 마음 정도는 가질 때 적어도 남을 빗대지는 않을 것이다.

풍경은 소리로 울지 않는다

물속으로 들어간 달이 아직도 멀다
바닥을 튀어 오른 심해어가 캄캄한 어둠을
유영하듯 가라앉은 산속
물 밑의 달을 흔들던 바람이
풍경에 슬그머니 얹힌다
달빛이 흩어질 때마다
동자승의 잠결까지 졸라가며 동그랗게 뭉치는 풍경
겨우 수면으로 올라온 달이
다시 구름 속을 헤집고 있는 사이
풍경은 나뭇가지들을 말아가며
은은히 숨겨 왔던 물소리를 꺼냈다
더 간절함으로 참고 참았던 숨비소리 같은
합장을 풀어내듯이
골골마다 옮겨 다니며
생명보다 더 긴 그 숨은 물소리를
비워놓았다

살다 보면 아무도 없는 무인도 같은 곳에서 지내고 싶을 때가 있다. 그것도 삶의 중요한 형태이기에 옛 선인들은 유유자적한 생활을 즐기고 권했는지도 모를 일이다. 하지만 인간이란 사회성을 띠고 태어났기에 혼자만의 삶은 쉽지 않다. 실제로 산중 생활을 해본 사람은 안다. 그것이 얼마나 고적하고 그립고 답답한가를. 물론 다 그렇지는 않지만 말이다. 그래서 우리는 때로 소리가 그리울 때가 있다. 풍경소리도 그중의 하나일 것이다. 그것도 가을 한가운데 산속 깊이 울리는 풍경소리를 들을 때 소리의 가치에 다시 한 번 감사하게 된다. 다만 종교성을 떠날 때 더 그럴 것이다. 그러니 오늘 누군가에게 울리는 소리가 돼보면 어떨까.

우리는

라면처럼 오돌도돌하지만
국수처럼 시원한
맛집이 있기를 바란다
한때나마 누군가에게 한참은 기억되는
누구이기를 원했던 것처럼

가을은 이미 가을 속으로 들어갔지만
여름을 놓지 못한 달빛이 아직도
달무리 안을 붉게 휘청거린다
떠날 것 같지 않던 장맛비를
멀찌감치 집 밖으로 내밀었던
손들은 맛집 앞을 서성거릴 것이다

피곤한 등을 낯설지 않게 들이밀 수 있는
인기척 없이도 발을 뻗을 수 있는
외갓집 같은 구수함이 누워있는 맛집
내비게이션도 모르지만 눈짓으로 알려주는 곳
깊고 어두운 바닥을 튀어나온 바람이
주방장 식칼처럼 기억하는
몸이 먼저 읽어내는 그런
맛집이었기를 바란다

요즘 보면 우리라는 말의 의미도 참 많이 바뀐 것 같다. 예전에는 우리라는 개념 속에 적어도 하나라는, 다시 말해 나보다는 전체를 우선하는 의미가 강했다. 하지만 개인주의, 그것도 혼족의 개념이 등장하는 시대이다 보니 우리라는 하나 된 의미가 작아진 점도 없지 않은 듯하다. 마치 가까이 있어서 언제든지 찾아가면 내 입에 감칠맛을 주는 그런 전통음식점이 점점 사라져가는 느낌 같은 것 말이다. 그러니 전통에 대해 한 번쯤 되짚어볼 때가 되지 않았나 싶다. 전통은 우리가 생각하는 것보다 훨씬 더 우리를 기억하게 하는 소중한 문화이기 때문이다. 그래서 오늘은 오랜만에 동창에게 연락해 옛 맛집을 찾아가 보는 건 어떨까.

흑백 사진과 틀

한껏 여유를 부리며 남겨둔 시절이
잘못 묻어둔 어둠처럼 컴컴하다
그렇게 화사하진 않았지만
남몰래 나만의 나를 가두어놓은 책방 같은 공간
새까만 글자 대신 한참 철 지난
소녀가 멋쩍게 웃고 있다
그때는 그게 제일 잘 나가던 폼이었다고
위안 삼아 말을 삼켜보지만
주변엔 온통 저녁을 매어두고 있을 뿐이다
밥 짓는 굴뚝의 연기가 새하얗게 올라오던
그 오래된 집터엔 까치집조차 남아 있지 않고
허둥대며 카메라 셔터를 누르던 아이는
어디서 만나면 얼굴보다 나이가 먼저 붙잡겠지
저녁이 얹혀놓은 그림자 때문에 더 짙어진
흑백 기억 속에 또 다른 기억이 엉킨다
틀을 바꾸면 그때와 지금을 오가는 시간도
바뀌려나

다양하고 화려한 컬러 시대에 살다 보니 오히려 흑백이 더 그리울 때가 종종 있다. 스마트폰만 있으면 동영상까지 붙잡아서 보관할 수 있는 시대다. 그러니 흑백 사진 따위는 요즘 말로 뭐래 할 수도 있다. 하지만 우리는 뚜렷이 기억한다. 가슴 속 저 밑에서부터 끌어올리고 싶은 기억은 흑백 사진 속에 있다는 것을. 때로 흑백 사진이 작품성을 더 인정받는 것도 그런 심정과 통한 걸까. 오래된 사진첩을 넘기다 보면 어느새 눈물이 반가움보다 앞선다. 흑백 사진 속에 영원히 기억될 얼굴들. 시대가 변하고 삶이 바뀌고 거기에 세월까지 얼굴에 층층이 쌓였지만 여전히 기억 속에 살아서 나를 깨워줄 그 얼굴들이 흑백 사진 속에 고스란히 남아 있어서다.

커피와 액정

뜨거운 커피 한 잔으로 무거운 액정을 밀어 올린다
액정을 볼 때마다 커피 같다는 생각을 하면서도
커피를 마실 때는 액정을 밀기만 한다
물고기가 물에서 눈을 뜨고 있듯이
액정에서 꺼내 놓은 세상이 물끄러미 쳐다본다
커피 향을 따라 돌돌 말리던 액정은
주춤주춤 밀어 올린 시간들을 털어낸다
아침 안개를 따라붙던 와이파이가
액정과 겹치면서 커피 잔 속으로 미끄러진다
타원을 그리며 흔들리는 커피
가을의 아침을 툭툭 휘감는 액정
커피와 액정이 짙어가는 가을이
베란다에 걸어 놓은 세상 속으로 섞인다
거리에 세워놓은 눈들이 분주하다
커피를 밀어 올리는 손과
액정을 빨아들이는 눈이
사정없이 겹치면서

하루에 스마트폰 액정을 몇 번이나 밀까. 아마 일생을 통해 이렇게 많이 밀어 본 적도 드물 것이다. 지하철에서 카페에서 버스 정거장에서 심지어 길거리에서까지 낯선 눈들과 마주치기도 전에 액정들이 수없이 밀리고 밀린다. 전에는 따뜻한 믹스커피가 담긴 일회용 종이컵을 돌리면서 마시다 보면 낯선 눈들과 겹치지 않았었다. 그런데 요즘은 커피를 들고도 액정을 민다. 그 검은 미로에 갇힌 세대들, 아직도 맛의 의미를 제대로 다 헤쳐보지 못한 커피. 이 둘의 상관성은 어디서부터 어떻게 이어진 걸까. 오랜 기다림과 답답함과 불안감을 덜어주는 이들의 상관성처럼 누군가를 위해 한 번쯤 다정하고 반갑게 밀어주면 어떨까.

촛불

밤비가 깊다
가로등도 끝난 깊은 밤이 샐 수 있을지
어둠은 기다리지도 않는다
굵은 어둠으로 변하는 밤 빗줄기
별 있던 밤하늘을 방안으로 옮겨 놓는다
하나둘 가을밤으로 번지는 촛불
가장 뜨거울 때
밤보다 짙은 어둠을 삼키며
가장 고독할 때
누군가의 짙은 눈물을 닦아주는
귀향을 잃어버린 배의 등댓불 같은
내 속의 심지 하나
이 밤비를 건너며 흘러내린다
얼마를 살라야 별이 될 수 있을까
가을 밤빗소리가 방안에서 가득 찰 때까지
발뒤꿈치의 그림자처럼
이 밤에 붙어서 별싹을 돋우는 촛불

마음에 촛불 하나 들여놓은 적이 있었던가. 누군가의 생일을 함께 하기 위해 불었던 믿음과 사랑과 희망의 촛불. 예전에는 전기 사정이 그리 좋지 않다 보니 촛불은 가정마다 필수품이 되어있었다. 그러다 사랑하는 사람을 위한 하트를 밝히거나 꽃 대신 길이 되거나 밤하늘의 별빛이 되기도 했던 촛불. 때로는 몹시 흔들리고 때로는 연약하게 내비치고 때로는 쉽게 꺼지기도 하지만 우리 곁에서 늘 그 생명을 아낌없이 사르며 영원한 염원을 밝히는 상징이기도 했다. 그러니 어릴 때 뒷동산에 올라가 별을 세던 마음으로 촛불 하나 밝혀보면 어떨까.

거울처럼

새벽에 붙여 놓은 입김이 희미해졌다
내 생애 오랜 것도 아닌 것 같은데
벽에 끼어 있던 사진틀처럼
지난날을 기억하지 못하는 거울
이제까지의 나를 다 끄집어내도
내가 없다
지금의 내가 없는 지금의 나
지난밤 비에 씻겨 내려간 창밖의 시간처럼
눈썹 하나 건질 수 없는 지난날의 나
엄마는 기억하려나
이곳저곳을 기웃대 봐도 보이지 않는 엄마
엄마가 내 지난날을 다 가져갔나봐
자세히 들여다보니 희끗희끗한 엄마가 거울 속에서
쓸쓸하게 철없던 나를 바라본다
나뭇가지에 걸어놓은 오후가
거울 밑을 휘청거리다 슬그머니 꺾인다
엄마가 아니라 내가 엄마의 지난날을
가져갔다는 걸 비웃듯

누군가를 닮는다는 것은 어떤 것일까. 가끔 나도 모르게 누군가를 닮아있는 나를 보게 된다. 그것이 버릇이었든 말이었든 흉내 내고 있는 것에 깜짝 놀라고 만다. 그러니 참으로 신기하다 할 수밖에. 아무리 싫어도 이미 닮아 있는 나를 거울에서 점점 진하게 확인하고 나서야 느끼게 되는 게 정일까, 미련일까, 그리움일까. 그래서 어른들이 그렇게 자주 말했는지도 모른다. 아이들 앞에서 함부로 행동하지 말라고. 그리고 너도 나중에 너 닮은 애 낳아서 길러보라고. 엄마는 달력에서나 빨갛게 표시되고 있지만 거울 속에 비춰진 또 다른 엄마가 나를 물끄러미 바라볼 때 눈시울이 붉어지는 것은 무엇 때문일까. 그러니 더 그립기 전에 안부 한번 전해보면 어떨까.

비, 그리고 가로등

창밖에 세워 둔 저녁 비가 가로등마저 캄캄하게 멈췄다
어둠을 헤집고 오느라 날카롭고 드세다
언덕을 지키고 있던 해가 무거워진 구름을 피할 수 없었는지
쫓기듯 서쪽으로 떨어진 후부터
가로등을 짓궂게 할퀴고 있었다
손안의 세월을 놓을 수 없는 것처럼
끝까지 휘어지지 않을 것 같았던 가로등이
몇 번의 날카로운 두드림을 견디지 못하고
창밖을 내줬다
가로등을 내준 창밖은 어둠마저 보이지 않았다
가끔 느닷없는 불빛이 낙엽마저 붉게
가져갔지만
끝내 가로등은 늘 그랬어야 했던 것처럼
창밖에 서서 마주 보지 않았다
창밖에는 아직도 비가 서 있었고
가로등이 멈춘 자리엔
새의 깃털을 닮은 홑씨 하나
떠돌지 않았다

가로등을 보면서 무엇인가를 느끼던 때가 언제였던가. 바쁘게 일하다 보니 시간에 쫓기다 보니 마음에 여유가 없다 보니. 늘 우리는 새로운 핑곗거리를 찾다가 나까지 잃어버린다. 그래서 성인은 말했다. 마음에 없으면 어디에도 없다고. 세상은 절대 사람에게 여유를, 여백을 주지 않는다. 스스로 찾고 채울 때까지 쉬지 않고 흔들어댄다. 바람이 기다려준 적이 있던가. 한때 원하는 것이 뜨지 않는다고 수도 없이 마우스를 긁어대고 빨리 익으라고 삼겹살을 젓가락으로 누르고 오지 않는다고 엘리베이터 버튼을 계속 찔러대던 때, 그날들은 지금 어디로 간 걸까. 그렇다고 빨리 된 것도 없는 데 말이다. 그러니 오늘은 좀 천천히 가보는 건 어떨까. 가로등도 보면서.

눈 오는 어느 날

하늘이 짓무르고 바람이 헐떡대더니
아침부터 눈발이 거세다
밤새 별들이 발을 구른 탓일까
나뭇가지들이 지친 허공을 향해
휘휘 거친 숨을 몰아쉰다
운동장 한가운데 눈사람 세워두고
몰래 눈송이 뭉치던 눈이 아닌 듯
시퍼렇게 빗발친다
한때 우산 없이 눈을 맞으며
내 머리에 우산 하나 받쳐 줄
인연이 있었으면 했던 오래된 마음이
날카로운 눈살을 끌며 비껴온다
주머니 넣어둔 기억 때문인지
걸어오는 눈길이 무겁고 길었지만
아직도 꿈틀대는 첫눈의 설렘이
발바닥을 미끄러지는 눈 틈 사이에서
떨어지지 않는다

첫눈을 기다리는 설렘. 누구나 한 번쯤 가져본 간절함 같은 것 아닐까. 그래서 그런지 지금도 그 분위기를 쉽게 잊지 못한다. 맞는 건 고사하고 만지는 것조차 꺼리는 요즘에도 그 순수함을 떼어내기 싫은 것은 잃기만 하는 세상에 그나마 다행스럽다. 눈이 많이 와야 보리가 잘 자랄 수 있고 힘겹기만 한 춘궁기를 이겨낼 수 있었던 시절을 생각한다면 또 격세지감일까. 마음에 따라 달리 보이는 이 놀라움은 사람만이 가질 수 있는 가장 행복한 것 중의 하나임은 틀림없다. 그러니 마음의 눈을 살짝만 바꿔보면 어떨까. 마음먹기에 달렸다는 말은 곧 나 자신만의 것이니 말이다.

푸른 신호등

오늘따라 신호등이 더디다
또 신호등을 놓치고 스마트폰만
밀어 올린다
'지금 가고 있어'
'어디야' 지치지도 않는지 자꾸만 쌓이는
카톡의 문자들
표정이 찍히지는 않았지만
거친 물음표에 대한 반응이
검은 액정을 마구 흔든다
거침없이 잘라내는 데도 질기게
달라붙는 문자의 율동들이
두툼한 인내심마저 빨아들인 신호등까지
심하게 동동거린다
손가락 사이에서 시퍼렇게 부릅뜨던
액정이 서서히 눈살을 내린 뒤에야
그 질긴 푸른 신호등이 천천히
발을 뺀다

세상에 내 마음대로 안 되는 것이 어디 한두 개랴마는 그중의 하나가 신호등 아닐까. 바쁠수록 더 많이, 더 자주 바뀌는 빨강 신호등. 바쁠수록 돌아가라는 말도 아무 소용이 없다. 뉴스에서, 드라마에서, 영화에서 그렇게 수없이 보고 느꼈으면서도 실생활에서는 여전히 짜증이 먼저다. 그러니 자율주행차량이 상용화된다 해도 그걸 기다리지 못해 수동으로 운전하지는 않을까 염려스러운 건 기우일까. 건널목에서 조금을 참지 못하고 주춤주춤 차로로 옮기는 발걸음들. 그래서 음성시스템이 작동하는데도 아랑곳하지 않는다. 여유는 누구의 몫도 아니다. 스스로에 주어진 자신만의 몫이니까.

12월의 종소리

텅 빈 들녘을 채우던 바람이
가을이 벗어놓은 낙엽들을 움켜쥔다
뿔뿔이 흩어지는 달력의 숫자들을
기억하는 종소리가
12월의 거리에 쌓이는 발걸음들 속에서
은은하다
한 번쯤은 누군가에게서 넉넉해졌으면 했던
오후가 푸르게 흔들리던 그 종소리
눈 속이 푹한 걸 보니 보리가 풍년이겠구나
엄마의 눈가 주름이 고왔던 때도
어디선가 귀에 익은 종소리를 들었었다
손을 풀어야 더 맑게 흐르는 종소리를
바람은 기다리고 있었다
봄 담벼락에 붙어있는 햇귀 같은
슬픔 같은 것들 아픔 같은 것들
다 잊어버리는 그 종소리를
조금씩 조금씩 익히고 있었다

마음으로 들을 수 있는 소리가 있을까. 빡빡한 소리들로 가득 찬 도심의 생활. 이것이 싫어서 떠나면 이젠 너무 잔잔해서 도리어 외로움 때문에 더 괴로운 것이 사람의 삶일까. 그래서 그런지 12월이 되면 낯익은 소리들에 귀를 기울이게 된다. 그것이 산사의 종이든 심야의 종이든 거리마다 울리는 구세군의 종이든 사람마다 찾아 듣는 귀가 달라서다. 특히 요즘같이 호불호, 또는 가치관에 따라 그 차이가 엄청난 시대에서는 더욱 그렇다. 그러니 자기 귀에 맞는 소리만 듣는다는 게 얼마나 어려운 일인가. 그렇게만 된다면 좀 더 바른 사회를 기대해도 될까. 그래서 사람은 늘 마음 깊숙이 가라앉은 소리를 찾아야 하는 건 아닐까.

푸른거울로 보는

내가 나만을 꺼내 놓을 수 있는 세계
아무리 고치고 뜯고 풀어보아도
오직 나밖에 없다
하루에도 몇 번씩 낯선 나를 들여다 놓지만
거울은 한 번도 지난날의 나를
꺼내 놓지 않는다
내 눈을 닮아서 그런지
눈을 감고 거울 앞에 서면
아예 나를 꺼내 주지도 않는 알 수 없는 영상
약속이라도 한 듯
같은 시간에 이를 닦고 눈썹을 고치고
입을 크게 벌려 봐도 여전히
지난날의 나는 없다
거울 속에 있는 동안만이라도 지난날의 나와
눈을 마주칠 수 있다면
나는 지금의 내가 아니길
조금은 푸른 조금은 여유로운
그리고 조금은 낮은…

반성하고, 되돌아보고, 여새기고*. 사람만이 할 수 있는 소중한 마음가짐이다. 늘 해는 바뀌고 또 새해를 맞이하지만 뭔가 변하는 게 없다면 그만큼 안타깝지 않을까. 나는 여전히 나지만 지난날의 나는 내 안에 없다. 거울을 아무리 꼼꼼히 살펴봐도 지난날의 나를 찾을 수 없듯이 말이다. 이것이 흐름이고 바뀜이고 달라짐이다. 그래서 거기에는 연륜이라는 것이 있어야 한다. 굳이 격언이나 속담을 들지 않더라도 거울 속의 나는 오로지 자기가 겪어온 과정이요 결과요 현재이기 때문이다. 그러니 오늘 한 해를 살아온 겨울 속의 나를 꺼내 되돌아보는 건 어떨까.

* 여새기다 : 마음에 되새기다

돌아오는 길

돌아오는 길에서는 늘 콩 익는 냄새가 났다
된장이든 청국장이든 어머니의 손길이 닿으면
계절을 제대로 우려내던 냄새

돌아오는 길이 떠나는 길보다
더 단단하다는 것을
내가 알았을 때 숲은 이미 저녁을 품고 있었다
어둠이 처마 밑까지 들어와
미처 거두지 못한 귀환의 기쁨을 송두리째
밀어냈다 다시 돌아보지 못할 만큼 까마득히

집은 도로 빈집이 되었다

갯바람이 감아버린 감나무 까치집처럼
텁텁한 사투리마저 말라버린 터에는
제대로 된 온기조차 없다
시래기 된장국을 둘러싸고 숟가락을 묻던
순간이 가물가물하다

돌아오는 길은 떠날 때의 망설임보다도 짧았지만
갈대밭을 흔들던 바람도 보이지 않는다

구름 위로 흩어져 버린 저 빠른 기억들
어머니 손맛이 빚어내던
가을의 콩 냄새가 낯설다

세상을 살다 보면 한 번쯤 이별을 겪게 된다. 그리고 이어지는 만남. 그래서 이별은 또 하나의 만남을 위한 전제라 여겨졌는지도 모른다. 그런데 이별이 더욱 아쉽고 안타까운 것은 그 흔적 때문일 것이다. 조지 엘리엇이 "이별의 아픔 속에서만 사랑의 깊이를 알게 된다."고 애써 강조한 까닭도 그런 연유였지 않을까. 그래서 그런지 어머니에 대한 그리움은 더욱 가라앉질 않는다. 늘 맛을 비교할 때마다 어머니의 손맛과 대비되는 것은 그래서 아닐까. 무함마드가 "천국은 어머니의 발 앞에 놓여 있다."고 터놓은 이유를 새삼스럽게 떠올려 보는 것도 그 때문인지 모른다.

제4장

▼

바람도 때론 멈춘다

길목

바람 부는 날에는 그 길목으로 걷고 싶다
너무 많은 추억이 적혀 있는 곳
때로는 아침 안개가 빼곡히 내려앉아
창문마저 깊게 젖어 있고
언젠가는 가을바람이 하도 사나워
유령처럼 빨래들이 흐느끼던
그 길지 않은 골목길
우리에게는 끝이 없었다
꿈이 접히지 않았으므로 우리에게는
그대로가 꿈이었다
대문에 낀 문패도, 변변히 잘 맞는 시계도 없는
하루하루가 늘 먹먹했지만
누구네 집에 뭐가 있는지 셀 필요도 없이
다 아는 사람들이
끌어다 놓은 골목길
그대로 놔두어야 더 오랜 기억이 익을 것 같은
어린 꿈이 묻어있는 곳
바람 부는 날이면 가고 싶다
아직도 두고 온 그 길목으로

전환기나 변화기를 일컬을 때 종종 길목을 내세운다. '가을의 길목에 서서', '생의 첫 번째 길목을 맞아' 등은 그러한 의미를 동반한다. 그러기에 길목은 매번 중요한 요지 또는 메시지가 선포되는 장소로 여겨졌다. 그래서 그런지 과거를 반추할 때면 으레 어느 시점 곧 길목을 떠올리곤 한다. 그러니 길목을 잘 지켰거나 제대로 잡았거나 대처했더라면 보다 나은 생을 살아냈을 것이다. 그렇지만 그것만큼 어려운 것도 없는 법이니 길목의 소중함을 몇 번이고 되뇐 이유를 알만도 하다. 그러나 아직도 생은 이어지고 있으니 지금이라도 한 번쯤 내가 서 있어야 할 길목을 짚어보는 것은 어떨까.

바람도 때론 멈춘다

바람이 멈췄다
수평선을 넘어오면서 파도를 움켜쥐고
모래사장을 거침없이 뛰놀던
식칼처럼 날이 선 바람
8월의 무더위를 건너지 못했는지
자맥질로 지친 오후의 숨비소리처럼
길게 짙은 바닷물을 토해놓고는
잠깐 그 억센 눈이 접혔다
앙칼지게 섬을 흔들 때부터
알고 있었다 한 길로만 흐를 수 없다는 것을
누구나 그렇듯 오직 한 길만 있으랴
바람에겐 드나드는 길이 없듯이
안과 밖이 뒤집히지 않는 한
멈출 수도 있어야 한다는 것을
그래야 더 단단해진다는 것을
새벽노을이 지기 전에
바람은 알고 있었다
바람도 멈출 수 있다는 것을

자연현상이 아닌 바에야 '바람'은 막기가 쉽지 않다. 역사의 격변기마다 바람이 늘 그 흐름을 주도해 와서다. 그래서 오래전부터 순풍과 역풍에 대한 경계를 게을리 하지 않았는지도 모른다. 그 방향을 제대로 감지하지 못하거나 대비나 대처에 미흡하게 되면 여지없이 혹독한 결과를 치러내야 했기 때문이다. 한때 우리 사회를 뒤흔들었던 '~바람'으로 이어지는 부정적 이미지는 그러한 결과의 상흔들이라 할 것이다. 소설 『자유부인』이 "중공군 50만 명에 해당하는 적"이라는 말도 들었으니 그 흔적이 결코 작지 않음이다. 그렇지만 우리는 '새로운 바람이 분다'라는 말도 기억한다. 그러니 어떤 흐름에 휩싸여 흔들리지 말고 스스로의 의지로 삶을 영위해 보는 건 어떨까. 내 삶은 나만의 가장 소중한 영역이니까 말이다.

* 황산덕 서울대학교 법대교수의 말 : 〈서울신문〉 1954. 3. 14.
"야비한 인기 욕에 사로잡히어 저속한 예로 작문을 희롱하는 문화의 적이요. 문학의 파괴자요. 중공군 50만 명에 해당하는 적이 아닐 수 없다."

느린 그림

오래전부터 벽에 박혀 있는 나무 한 그루
가을에 흠뻑 젖어 가지마다 굵고 붉은
10월의 노을이 걸려 있다
벽의 깊이를 들여다보면 이미 수십 년은 쌓였을 텐데
나무는 그 흔한
낙엽 하나 흘리지 않는다
저토록 견고하게 침묵이 배여 있으면
세상과 세상 사이의 나무들처럼
새라도 앉히는 법을 배웠을 텐데
느릿느릿 풍경을 오려 넣기만 할 뿐
가지 끝이 바싹 메말랐는지
강가를 뛰어노는 바람 한 점
끼어들지 못한다
그렇게 벽에 기댄 채
가장 깊은 바다를 가라앉히는 심해어처럼
세상에 흔들리지 않는 나무
문밖의 나뭇가지들이 공중을 휘저을 때도
눈초리 하나 흐트러지지 않는다
벽의 깊이만큼

우리는 어느 때부터인가 동적인 것에 너무 몰입하는 경향이 없지 않아 왔다. 스마트폰의 보급과 확대가 빚어 놓은 결과라고 보기엔 너무 집착이 강하다. 좀체 정적이고 사색적인 것에 끌리지 않는 세태에서 그러한 경향이 엿보인다. 본래 성격이 급한 점도 한몫 거들었을 것이다. 최근 AFP통신이 한국의 '얼죽아'라는 독특한 커피 소비문화를 소개하면서 "얼죽아'는 '빨리빨리'를 중요시하는 한국의 직장 문화와 어울린다" 고 밝힌 것에서 그러한 세태가 읽힌다. 하지만 이뿐만은 아니다. 차분히 가라앉히며 생각하고, 좀 기다리며 참고, 한 번 더 신중하게 행동하는 습관을 어려서부터 배우고 익히고 체험해야 하는데 이것이 미처 이루어질 새도 없이 성인이 되고 또 아이를 낳고 키운다. 그래서 그런지 늘 빨리빨리에 젖어 분노를 삭히질 못한다. 그러니 오늘은 효율성만 따지기에 앞서 좀 느긋하게 면벽하는 마음으로 하루를 시작해보는 건 어떨까. "늦추는 것은 분노의 가장 좋은 약이다."라는 세네카의 말처럼.

* 얼죽아 : 얼어 죽어도 아이스 또는 얼어 죽어도 아이스 아메리카노

겨울을 걸어서

입김이 두터울수록 탄탄해지는 겨울
그 겨울을 걸어서 지나간다
호수는 이미 물고기도 지나갈 수 없을 만큼
굳어졌고
단단해진 고드름이 처마를 뚫고
밑으로 흐른다
먼 산을 돌아온 톱날 같은 바람이
어깨에 부딪히며 발바닥까지 엉겨 붙어
한 걸음 한 걸음이 서리처럼 바스러진다
창문에 걸어놓은 기억마저 가둬버린 길
다시 지펴진 가로등이
새벽의 무게를 견디지 못한 채
시름시름 기울어 가고 있었다

아버지의 생을 송두리째 틀어쥔 검버섯 같은
겨울이 지나간다

두꺼운 땅덩어리에 둘러싸인
뿌리는 아직도 그대로인데
막 풀려난 햇볕이 서서히 움직인다
걸어온 겨울 길을 밟으며

"우리는 어떤 신체가 무엇을 할 수 있는지조차 알지 못한다. 우리는 이 모든 것에 대해 떠들어대지만, 하나의 신체가 어떤 능력을 가지고 있는지, 어떤 힘들이 그것에 속해 있는지, 그리고 이 힘들이 무엇을 예비하고 있는지…." 질 들뢰즈의 말이다. 우리는 종종 나이를 먹게 되면서 잘 쓰던 신체가 말을 듣지 않는 것에 분개하고 자괴하며 고통스러워한다. 들뢰즈의 지적이 이 생체리듬과 딱 들어맞는다고 보지는 않지만 내 몸도 내 맘에 따라 움직여지지 않는 것에 대해서는 어느 정도 통하는 바가 없지 않다. 생의 역경을 네 계절에 비유한다면 성공을 위해서는 겨울을 잘 준비하고 이겨내야 한다고 말들을 해왔다. 겨울이 곧 더 큰 성취를 위한 하나의 과정으로 여겨져서일 것이다. 그러니 오늘은 춥다 춥다 하지 말고 더 나은 내일을 준비하는 마음으로 지내보는 건 어떨까. "만일 겨울이라는 계절이 없다면 얼마나 많은 믿음과 아름다움의 교훈들을 잃게 되겠는가?"라고 한 토머스 웬트워스 히긴스의 말을 되새기며 말이다.

그 어느 가을

짜 맞춘 알람이 울릴 때
가을은 담장을 넘어온다
늦은 여름이 달랑 몇 장 남지 않은 달력 앞에서
짓궂게 새벽을 밀어내는 알람을
두드린다
늦은 여름과 이른 가을의 틈에 낀 나무들이
거세게 가지들을 공중으로 뻗을 때마다
뜨겁고 거추장스러운 빛들이
창호지를 새로 바른 문을 들어설 때와 같은
새로운 그림으로 채워졌다
유독 붉은 달빛 속으로 사라지는 별들
그 많은 가을의 소리들이 차곡차곡
귓바퀴에 쌓인다
돌이킬 수 없는 푸르스름한 눈동자의 기억이
갓 구워낸 빵처럼 고소한 부드러움과
따뜻한 냄새에 부풀어 오른다
기다리던 택배를 문 안으로 끌어들일 때의
설레임 같은 맑은 아침이 건너오다
베란다에 풀어놓은 커피 속에서 머뭇거린다

그날의 가을은 그렇게
다가오고 있는 중이다

"모든 잎이 꽃이 되는 가을은 두 번째 봄이다." 알베르 카뮈의 말이다. 생을 어느 정도 살아본 사람이면 가을이 우리에게 주는 의미에 늘 감동하게 된다. 하지만 그 가을이 저토록 큰 의미를 주기까지 혹독한 폭염을 견뎌내야 한다는 것도 알까. 우리는 언제부턴가 아름다운 사연, 아름다운 동행, 아름다운 나눔 등에 끝없이 동조해왔다. 그러면서도 나 스스로 그렇게 살아가는 데는 퍽 익숙지 못한 때도 적지 않았다. 그러니 오늘은 계절도 느껴보면서 자신을 돌아보는 것은 어떨까. 지금은 다시는 돌아오지 않을 인생의 가을 같은 시간이니 말이다. 그래서 공자도 "봄이나 여름의 햇빛 아래에서는 어느 나무나 똑같은 녹색을 하고 있다. 그러나 겨울철이 되어보지 않으면 어떤 나무가 상록수인지 분별하기 어렵다."고 일깨웠는지 모른다.

빛은 흐르지 않는다

굴뚝을 삐져나온 연기가
벌써 온 들녘을 하얗게 지워버린
눈발 사이를 끼어든다
휘청거리던 아침 해는 눈 속을 간지럽히는
눈발이 얄미웠는지
거미줄을 몇 번 흔들더니
구름 속으로 삐쳐 들어가 버렸다
아무리 빛이 흐르지 않는다고 했지만
빛 하나 없는 아침은 너무나 무겁다
그 마나 눈발이 아침이 하얗다는 것을
깨우쳐주지 않았다면
아직도 창문을 두텁게 걸어놓았을 것이다
아까부터 미끄러지는 액정이
온종일 서릿발같이 발버둥 치는
눈발이 끼어들 거라고 읽어주긴 했지만
빛마저 굳어버린 이 방에서
소리를 더듬는 것만큼은
손가락 사이를 빠져나가는 눈발처럼
매어두기 어려운 기억이었다
액정에 숨겨놓은 빛같이
빛도 흐를 수 있다면

내 마음 어딘가에서 잠시만이라도
멈출 수 있을 텐데

빛은 우리에게 어떤 의미일까. 전기 없이는 단 한순간도 살기 어려운 현실에서 빛은 빛 이상의 의미로 다가와서였을까. "빛을 주어라. 그리하면 사람들은 길을 찾을 것이다."라고 엘라 베이커는 애써 말했다. 태양은 늘 그 시간이면 우리 곁을 비추지만 그 빛을 올바로 바라본 사람은 많지 않다. 그처럼 빛은 조용히 아무도 모르게 우리 곁에서 우리를 지켜주고 키워주고 일으켜 주었다. 그래서 고대인들은 밤의 두려움을 극복하기 위해 달빛을 애타게 기다렸는지도 모른다. 차창에 비친 햇빛에 짜증을 내고 계속 나만 따라오는 햇빛에 지겨워하고 눈이 부신 햇빛에 화를 냈다면 이제는 그 고마움도 한 번쯤 느껴보는 건 어떨까. 지금도 음지에서 빛을 기다리는 사람들도 함께 말이다.

강을 거슬러 오르는 구름

구름은 하늘을 날고
강은 땅을 기지만
둘 다 끝이 없다
하늘을 걷다 걷다 무거워지면
한없이 울다 울다 가벼워지고
땅을 기다 기다 지겨우면
가슴속까지 푸른 바닷속에 짙게 눕는다
누가 뭐랄 것도 없이
구름은 해를 싸 안고 있으니
두려울 게 없고
강은 바다를 움켜쥐고 있으니
하나도 막히지 않는다
그래서 둘은 하나이면서 둘이고
둘이면서 같이 산다
구름이 무거워 발걸음이 더디면
강이 어서 풀라고 길게 팔을 뻗고
강이 헐떡거리며 나아가지 못하면
구름이 몸을 풀어 길을 열어준다
바람이 불어야 더 단단해지는
외벽처럼
강을 거슬러 올라가는 구름이 있어야
우리도 간다

강의 물낯에 비춘 구름을 본 적이 있는가. 늘 한결같이 흐르는 물줄기
지만 그것에 관심을 가지고 느껴보는 사람은 의외로 많지 않은 것이 현
실이다. 하물며 거기에 얹힌 구름이야. 너무 바쁘고 지치고 힘겨워서 인
생이라고 하지만 그것을 살아가는 방법은 전혀 같지 않다. "걱정을 해
서 걱정이 없어질 것 같으면 걱정할 일도 없다"는 티베트의 속담에 익
숙하면서도 그것을 실천하기는 어려운 것이 인생이니까 말이다. 그래
서 윌슨은 "강을 거슬러 헤엄치는 자가 강물의 세기를 안다."고 말했는
지도 모른다. 그러니 무심한 듯 흐르는 물줄기에 자신의 온 것을 얹히
는 구름처럼 그렇게 잠깐의 유유함이라도 한번 느껴보는 것은 어떨까.

달빛 안의 새들

달빛 속에 새를 가둬놓았다
달무리 안의 별들
밤빛을 쫓아 길게 우는 새떼들
비가 오길 기다리는 밤처럼
달무리 진 저녁이 눅눅해진다
선착장 주위를 파고드는 어둠이 매섭다
이미 취해버린 파도는
어느 뱃사람의 노래를 옮기고 있는 중이다
방파제를 사납게 두드리는 파도 사이를
갈매기가 날다 말다 날다 말다
위태롭게 휘청거리다 겨우 눈이 붙어 있는
달무리 안으로 빨려 들어간다
희미해진 시야 속에서 울컥
새 몇 마리가 비명처럼 떠돈다
길을 잃어버린 파도
방파제를 두드리던 파도가
동영상으로 겹치면서 눈을 부릅뜰 정도로
파동들을 삼킨다
처음부터 얼룩진 바다는 아니었지만
부서져 내리는 달빛 틈으로
길고도 긴 새들을 풀어놓는다
달무리 진 별들이 하나둘 흩어진다

달빛은 고대인들에게 신앙과도 같았다. 또 아이를 기다리는 여인에게는 정기와도 같은 존재였다. 그래서 류시화 시인은 '너는 너의 안에 언제나 빛날 수 있는 / 너를 가지고 있다'(「달에 관한 명상」)고 노래했는지도 모른다. 그만큼 달의 움직임과 변화는 그야말로 숭앙의 대상이었다. 그런데 요즘은 그 흔하던 달도 좀처럼 보는 일이 드물다. 그게 꼭 문명의 발달만은 아닐 것이다. 도심을 굳이 벗어나지 않아도 조금만 관심을 기울이면 늘 느껴왔던 달이 보이는데 그것마저 용납하지 못하는 삶 때문이다. 그러니 꼭 시인이 아니더라도 달을 바라보며 깊이 숨 한 번 들이쉬는 건 어떨까. 달무리 안을 나는 새처럼 말이다.

마루

오래된 마루

한 아이를 낳고 아이가 또 한 아이를 낳고
그렇게 이어온 이야기를 고스란히 앉아 지킨 곳
때로는 처마 끝 덜 녹은 눈에 젖고
어쩌다 오뉴월 모진 바람에 삭고
이따금 손들의 발자국에 뒤척였던
바싹 마른 기억과 여기저기 얽은 몸이 전부인
마루

한여름 모깃불 옆에서 저녁상을 내려놓고
집 떠날 땐 무릎을 꿇려 오랫동안 잊게 하고
딴 식구 데려다 절도 올리게 했던
제비가 강남 갈 때까지 늘 함께 기다렸던
그 긴 여정의 시작과 맨 끝이었다

옹이가 샌 구멍으로 눈도 넣어보고
몰래 날카롭게 그림도 오려놓고
가끔 뜨거운 것으로 그을려 혼쭐이 났던
어린 꿈이 꿈같이 자란 곳
아무도 말을 하지 않지만

묵묵히 우리보다 더 우리를 지켜보았던
만만치 않은 곳
오늘도 앉아서 들 나가신 아버지를 기다리고 싶다

요즘은 마루를 기억하는 사람이 많지 않다. 가옥구조와 주거공간이 바뀌다 보니 그에 따라 생활환경과 습속도 덩달아 변해서일 것이다. 그렇지만 마루는 우리 전통 가옥에서 없어서는 안 될 주요한 공간이었다. 방으로 이어지는 중간 기점이자 놀이터였고 손님을 맞는 곳이자 음식을 나눠 먹는 장소였다. 때로는 더운 날을 피해 잠을 자기도 했고 비가 와서 일손을 놓는 날에는 먼 산을 보며 신세타령도 했었다. 동네 사람들이 모여 갖가지 말들을 쏟아놓기도 했고 명절날에는 화투에 윷놀이도 덧붙였다. 어쨌든 누가 오면 제일 먼저 손님을 맞이하는 곳이었다. 그뿐이랴 마루 밑에는 자주 안 쓰는 살림이 대부분 숨겨지는 요체였다. 그래서 민속 절기가 되면 으레 떡이나 음식 등으로 위로하기도 했었다. 돌이켜보면 참으로 그립고 안타깝기 한 곳이다.

소품처럼

오늘도 버리고 간다
저 고요히 자기 생에게 몸 바쳐 이룬 형상
아무도 묻지 않았다
아무도 느끼지 않았다
아무도 보려고 하지 않았다
그냥 있으라고 했으니 그렇게 있을 뿐
한 번쯤은 누군가에게라도
짐이 되지 않기 위해 죽도록 받쳤을 혼
한 번쯤은 곁에서 끝까지 지켜줄 수 있기를
기다렸던 바램

오늘은 또 무엇이려고 저리도 망설이는가

손을 내밀지도 못하면서
기다린다고 부르지도 못하면서
들녘 모서리에 홀로 숨어 핀 들꽃처럼
어둠조차 잠들지 못한다

이름을 부르지 않아 잃어버린 이름들
심해를 기억하지 못하지만
바다에 떠 있는 파도처럼
잠시라도 불릴 수 있기를...

꼭 필요하지만 쓰이고 나면 언제 그랬냐 싶게 버려지는 것 중의 하나가 소품이다. 그렇다 보니 그것이 너무 아까워 새롭게 바꾸는 리폼으로 자주 이용되기도 한다. 그렇다면 우리 생은 어떨까. 세월이 흐르고 환경이 바뀌고 사회가 변해도 사람을 바라보는 시각은 별로 나아지지를 않는다. 그렇다 보니 사람을 재충전해서 쓰려 하기보다는 기계에 의존하는 경향이 점점 짙어간다. 분명 문명과 사회의 주역은 사람인데, 사람이 사람을 못 미더워하고 인정하려 하지 않고 공정하게 대하지 않는 것은 어째서일까. 학교가 아니더라도 공중파방송이나 심지어 지하철, 버스 안에서도 배려와 양보와 존중에 대해서 늘 신경을 쓰고 있는데도 말이다. 개인의 가치와 신념의 독립성이 강조되다 보니 그에 따른 각자의 주장이 너무 강해서일까. 그래서인지 버트런드 러셀이 '인간은 그의 신념에 의해 정의 받지 않는다.'고 일찍부터 일러 왔는지도 모르겠다. 어쨌든 인간이 사회적 동물임을 내세울 바에야, 개인의 가치와 존엄성을 인정받으려면 남을 의식하고 질서와 배려와 존중하는 의무를 지녀야 할 것은 분명한 것 같다.

자막

아래를 보세요
나는 잠시 머물다 갈 뿐 당신을 위로하지는 않아요
돌아왔다 돌아가는 사이는
잠깐 귀를 기울였다 비켜서는 바람처럼
들키지 않을지도 몰라요
물론 다시 돌아올 수는 있어요
기다리기만 한다면

항상 마음보다 눈이 먼저예요
소리도 때로는 뒤에서 머물렀어요
사람이 지나갈 때 절대 떨어지진 않아요
먼 곳을 바라보거나
마음에서 멀어지면 아무것도 줄 수가 없어요
기억은 이미 다른 세상을 비추고 있을 테니까요
웃고 우는 것을 모두 가지고 있었어요
당신이 나를 내내 보는 동안
그림이 지워졌다고 슬퍼하지 말아요
나는 언제나 당신 곁에서 지켜볼 거예요

또 다른 그림이 그려지면
언제나 당신에게서

자막은 영화나 드라마에서 관객이나 시청자가 읽고 참고할 수 있도록 화면에 띄워주는 글자를 말한다. 최근에는 연극, 특히 포스트모더니즘 극 같은 데에서 연기의 한 장면 또는 해설을 자막으로 보여주는 경우도 있다. 그만큼 자막은 영화나 드라마, 연극을 보다 쉽고 빠르고 정확하게 이해할 수 있도록 도움을 준다. 우리 생도 이처럼 자막이 있으면 얼마나 좋을까. 아니 혹 미리 알고 가서, 아니면 너무 일찍 알아서 재미가 없다고 하는 사람도 생길까. 요즘 들어 외국어에 능통한 사람이 많고 또는 외국어 배우기를 원하는 사람이 늘다 보니 오히려 자막을 싫어하거나 꺼리는 사람도 자주 보인다. 그렇다 해도 자막은 꼭 필요할 것이다. 대다수 사람은 자막을 통해 그 작품을 이해하고 감상하니까. 그러니 오늘 누군가에게 자막 같은 삶이 되어보는 것은 어떨까.

물그림자

아무것도 없는 듯이 움직일 거예요
보이지 않는 것처럼 말예요
어느 날 무심코 들어오는 저녁놀같이
흔들릴지도 몰라요
쳐다보는 것이 전부는 아니지만요
거울처럼 당신을 기다리진 않을 겁니다

정수리에 오후가 서 있을 때마다
빛은 나에게서 점점 짧아졌지만
나는 더 선명하게 눈을 뜰 거예요
당신의 등 뒤에서가 아니라
앞서서 당신을 맞이할 겁니다

지나가는 새의 발자국에 조금은
떨릴 수도 있겠지요
구름이 비를 털어내듯이 말예요

당신의 발끝에서 침묵하지 않을 거예요
바람이 끌고 온 산 그림자에 잠시
지워지더라도 나는 당신에게서 멀어지지 않을 거고요

계절이 제때를 알아서 오듯
늘 그렇게 당신 앞에 서 있을 거예요

물그림자는 사라지지 않는다. 때로는 흔들리고 잠시 지워지는 듯하다가도 이내 언제 그랬냐는 듯이 그 모습으로 비춰진다. 형상은 있지만 실체나 본체는 존재하지 않는, 그래서 많은 사람이 자기 생을 회상할 때 물그림자에 얹어보기도 한다. 실상과는 다른 모습으로 그려져서다. 억지로 고쳐보지도 못하고 아름답게 꾸밀 수도 없는, 그야말로 자연의 이치에 순응한다고 하면 억지일까. 그렇지만 빛이 없으면 전혀 존재 불가능하고, 아주 희미한 빛에도 물 위에서 사라질 수 없는 까닭에 혼자 나설 수도 없다. 그런데 그림자처럼 앞서거니 뒤서거니 한 몸으로 움직이지 않는 특징 또한 가진다. 그러니 물그림자는 물이 있고 빛이 있는 한 그 자리에서 늘 그 모습으로 우릴 반긴다. 그처럼 우리도 그렇게 누구에게나 한결같을 수는 없을까.

양면

문이 잠겼다 열렸다 또... 잠겼다가 열렸다가
움직이지 않는 꿈속같이
오랫동안 바람을 움켜쥐는 문
들어오면 나가고 싶고
나가면 들어오고 싶은
물때를 읽은 탓일까
밖과 안 그 거울 같은 틈이 좁혀지질 않는다

어디서 오는지도
어디로 가는지도
모르지만
언제나 때를 맞춰 들어오고 나가는 문
멀지 않은 사이마다 시간이 끼워놓았고
가끔은 묻지 않는 소문도 들려 왔고
느닷없이 긴 숨소리도 묶여 있었지

꿈이 다 빠져나가지 못한 밤과
밤을 다 채우지 못한 시간들이
아직도 안과 밖을 비워두지 못한 문 곁에서
새벽을 기다리는 알람처럼
붙어 있다

겉과 속, 안과 밖, 그 좁혀지지 않고 채워지지 않는 간격을 우리는 뭐라고 해야 할까. 동전의 양면처럼 늘 존재하지만 한 번에 다 보여주지 않는 이치들. 그것이 세상을 사는 법이라 하면 또 고집이 될까. 항상 곁에 있지만 언제나 챙겨보지 못하는 것이 많은 것도 그런 까닭인지 모른다. 그렇다 보니 뒤돌아보면 후회만 남게 되는 것인가. 그래서 "삶이 비극인 이유는 우리가 너무 일찍 늙고 너무 철이 늦게 드는 것"이라고 벤저민 프랭클린도 깨우쳤을 것이다. 마치 문 안과 밖이 전혀 다르듯이 생각을 조금만 바꾸면 아직 경험하지 못한 세계에 도달할 수 있다는 가르침 같은 말이 들리는 듯하다. 철로가 마냥 평행선 같지만 어느 곳에 이르면 교차점도 끝도 있기 마련이다. 그러니 오늘, 들어오면 훈훈하고 나가면 또 기다려지는 그런 문이 돼 보는 건 어떨까. 양면이 선택만 있는 것은 아니니 말이다.

문힘시선 035
대전투데이에 연재된 나영순 시인의 푸른거울로 보는 시

거울로는 뒤를 볼 수 없다

발행일 2024년 11월 30일

지은이 나영순
펴낸이 이순옥

펴낸곳 도서출판 문화의힘
　　　　등록 364-0000117
　　　　주소 대전광역시 동구 대전천북로 30-2(1층)
　　　　전화 042-633-6537
　　　　전송 0505-489-6537

ISBN 979-11-988670-5-6 (03810)
ⓒ 나영순 2024
저자와 협의로 인지는 생략합니다.

|값 12,000원|